紅樓夢第一百十四回

王熙鳳歷幻返金陵　甄應嘉蒙恩還玉闕

却說寶玉寶釵聽說鳳姐病的危急赶忙起來丫頭秉燭伺候正要出院只見王夫人那邊打發人來說璉二奶奶不好了還沒有嚥氣二爺二奶奶且慢些過去罷璉二奶奶的病有些古怪從三更天起到四更時候璉二奶奶沒有住嘴說些胡話要船要轎的說到金陵歸入冊子去衆人不懂他只是哭哭喊喊的璉二爺沒有法兒只得去糊了船轎還沒拿來璉二奶奶喘着氣等呢叫我們過來說等璉二奶奶去了再過去罷寶玉道這也奇他到金陵做什麼襲人輕輕的合寶玉說道你不是那

年做夢我還記得說有多少冊子不是璉二奶奶也到那裏去麼寶玉聽了點頭道是呀可惜我都不記得那上頭的話了這麼說起來人都有個定數的了但不知林妹妹又到那裡去了我如今被你一說我有些懂得了若再做這個夢時我得細細的瞧一瞧便有未卜先知的分兒了襲人道你這樣的人可是不可合你說話的偶然提了一句你便認起真來了嗎就算你能先知了你有什麼法見寶玉道只怕不能先知若是能了我也犯不着爲你們瞎操心了兩人正說着寶釵走來問道你們說什麼寶玉恐他盤詰只說我們談論鳳姐姐寶釵道人要死了你們還只管議論人舊年你還說我咒人那個籤不是應了

麽寶玉又想了一想怕手道是的是的這麽說起來你倒能先知了我索性問問你你知道我將來怎麽樣寶釵笑道這是又胡鬧起來了我是就他求的籤上的話混解的你就認了真了你就和邢妹妹一樣的了你失了玉他去求妙玉扶乩批出來的衆人不解他還背地裡合我說妙玉怎麽前知怎麽參禪悟道如今他遭此大難他如何自已都不知道這可是算得前知嗎就是我偶然說着了二奶奶的事情其實知道他是怎麽樣了只怕我連我自已也不知道呢這樣下落可不是虛誕的事是信得的麽寶玉道别提他了你只說邢妹妹自從我們這裡連連的有事把他這件事竟忘記了你們家這麽一件大事

怎麽就草草的完了也没請親喚友的寶釵道你這話又是迂了我們家的親戚祇有偺們這裡和王家最近王家没了什麽正經人了偺們家遭了老太太的大事所以也没請就是璉二哥張羅了張羅别的親戚雖也有一兩門子你没過去如何知道算起來我們這二嫂子的命和我差不多好好的許了我二哥哥我媽媽原想要體體面面的給二哥哥娶這房親事的一則爲我哥哥在監裡二哥哥也不肯大辦二則爲偺們家的事三則爲我二嫂子在大太太那邊忒苦又加着抄了家大太太是苛刻一點的他也實在難受所以我和媽媽說了便將將就就的娶了過去我看二嫂子如今倒是安心樂意的孝敬我媽

媽比親媳婦還強十倍呢待二哥哥也是極盡婦道的和香菱又甚好二哥哥不在家他兩個和和氣氣的過日子雖說是窮些我媽媽近來倒安逸好些就是想起我哥哥來不免悲傷況且常打發人家裡來要使用多虧二哥哥在外頭賬頭兒上討來應付他的我聽見說城裡有幾處房子已經典去還剩了一所在那裡打算着搬去住寶玉道爲什麼要搬住在這裡你來去也便宜些若搬遠了你去就要一天了寶釵道雖說是親戚倒底各自的穩便些那裡有個一輩子住在親戚家的呢寶玉還要講出不搬去的理王夫人打發人來說璉二奶奶嚥了氣了所有的人多過去了請二爺二奶奶就過去寶玉聽了也掌

不住跺脚要哭寶釵雖也悲戚恐寶玉傷心便說有在這裡哭的不如到那邊哭去于是兩人一直到鳳姐那裡只見好些人圍着哭呢寶釵走到跟前見鳳姐已經停床便大放悲聲寶玉也拉着賈璉的手大哭起來賈璉也重新哭泣平兒等因見無人勸解只得含悲上來勸止了衆人都悲哀不止賈璉此時手足無措叫人傳了賴大來叫他辦理喪事自己回明了賈政去然後行事但是手頭不濟諸事拮据又想起鳳姐素日來的好處更加悲哭不已又見巧姐哭的死去活來越發傷心哭到天明即刻打發人去請他大舅子王仁過來那王仁自從王子騰死後王子勝又是無能的人任他胡爲已鬧的六親不和今知

妹子死了只得趕着過來哭了一場見這裡諸事將就心下便不舒服說我妹妹在你家辛辛苦苦當了好几年家也沒有什麼錯處你們家該認真的發送發送纔是怎麼這時候諸事還沒有齊備賈璉本與王仁不睦見他說些混賬話知他不懂的什麼也不大理他王仁便叫了他外甥女兒巧姐過來說你娘在時本來辦事不周到只知道一味的奉承老太太把我們的人都不大看在眼裡外甥女兒你也大了看見我曾經沾染過你們沒有如今你娘死了諸事要聽着舅舅的話你母親娘家的親戚就是我和你二舅舅了你父親的為人我也早知道的了只有重別人那年什麼尤姨娘死了我雖不在京聽見人說

花了好些銀子如今你娘死了你父親倒是這樣的將就辦去嗎你也不快些勸勸你父親巧姐道我父親巴不得要好看只是如今比不得從前了現在手裡沒錢所以諸事省些是有的王仁道你的東西還少麼巧姐兒道舊年抄去何嘗還了呢王仁道你也這樣說我聽見老太太又給了好些東西你該拿出來巧姐又不好說父親用去只推不知道王仁便道哦我知道了不過是你要留着做嫁裝罷咧巧姐聽了不敢回言只氣得哽噎難鳴的哭起來了平兒生氣說道舅老爺有話等我們二爺進來再說姑娘這麼點年紀他懂的什麼王仁道你們是巴不得二奶奶死了你們就好為王了我並不要什麼好看些也

是你們的臉面說着賭氣坐着巧姐滿懷的不舒服心想我父親並不是沒情我媽媽在時舅舅不知拿了多少東西去如今說得這樣干淨於是便不大瞧得起他舅舅了豈知王仁心裡想來他妹妹不知積攢了多少雖說抄了家那屋裡的銀子還怕少嗎必是怕我來纏他們所以也幫着這麼說這小東西兒也是不中用的從此王仁也嫌了巧姐兒了賈璉並不知道只忙着弄銀錢使用外頭的大事叫賴大辦了裡頭也要用好些錢一時還不能張羅平兒知他着急便叫賈璉道二爺也別過於傷了自己的身子賈璉道什麼身子現在日用的錢都沒有這件事怎麼辦偏有個糊塗行子又在這裡蠻纏你想有什

麼法兒平兒道二爺也不用着急若說沒錢使喚我還有些東西舊年幸虧沒有抄去在裡頭二爺要就拿去當着使喚罷賈璉聽了心想難得這樣便笑道這樣更好省得我各處張羅等我銀子弄到手了還你平兒道我的也是奶奶給的什麼還不還只要這件事辦的好看些就是了賈璉心裡倒着實感激他便將平兒的東西拿了去當錢使用諸凡事情便與平兒商量秋桐看着心裡就有些不甘每每口角裡頭便說平兒沒有了奶奶他要上去了我是老爺的人他怎麼就越過我去了呢平兒也看出來了只不理他倒是賈璉一時明白越發把秋桐嫌了一時有些煩惱便拿着秋桐出氣邢夫人知道反說賈璉不

好賈璉忍氣不題再說鳳姐停了十餘天送了殯賈政守着老太太的孝總在外書房那時清客相公漸漸的都辭去了只有個程日興還在那裡時常陪着說說話兒提起家運不好一連人口死了好些大老爺合珍大爺又在外頭家計一天難似一天外頭東庄地畝也不知道怎麼樣總不得了呀程日興道我在這裡好些年也知道府上的人那一個不是肥巳的一年一年都往他家裡拿那自然府上是一年不殼一年了又添了大老爺珍大爺那邊兩處的費用外頭又有些債務前兒又破了好些財要想衙門裡緝賊追贓是難事老世翁若要安頓家事除非傳那些管事的來派一個心腹的人各處去清查清查該

去的去該留的留有了虧空着在經手的身上賠補這就有了數兒了那一座大的園子人家是不敢買的這裡頭的出息也不少又不派人管了的年老世翁不在家這些人就弄神弄鬼兒的鬧的一個人不敢到園裡這都是人家的弊此時把下人查一查好的使着不好的便攆了這纔是道理賈政點頭道先生你所不知不必說下人便是自巳的侄兒也靠不住若要我查起來那能一一親見親知況我又在服中不能照管這些了我素來又兼不大理家有的沒的我還摸不着呢程日興道老世翁最是仁德的人若在別家的這樣的家計就窮起來十年五載還不怕便向這些管家的要也就殼了我聽見世翁的家

人還有做知縣的呢賈政道一個人若要使起家人們的錢來便了不得了只好自巳儉省些但是冊子上的產業若是寔有還好生怕有名無寔了程日興道老世翁所見極是晚生爲什麽說要查查呢賈政道先生必有所聞程日興道我雖知道些那些管事的神通晚生也不敢言語的賈政聽了便知話裡有因便嘆道我自祖父巳來都是仁厚的從沒有刻薄過下人我看如今這些人一日不似一日了在我手裡行出主子樣兒來又叫人笑話兩人正說着門上的進來回道江南甄老爺到來了賈政便問道甄老爺進京爲什麽那人道奴才也打聽了說是蒙聖恩起復了賈政道不用說了快請罷那人出去請了進來那甄老爺即是甄寶玉之父名叫甄應嘉字表友忠也是金陵人氏功勳之後原與賈府有親素來走動的因前年挂誤革了職動了家產今遇主上眷念功臣賜還世職行取來京陛見知道賈母新喪特備祭禮擇日到寄靈的地方拜奠所以先來拜望賈政有服不能遠接在外書房門口等着那位甄老爺一見便悲喜交集因在制中不便行禮便拉着了手叙了些濶别思念的話然後分賓坐下獻了茶彼此又將别後事情的話說了賈政問道老親翁幾時陛見的甄應嘉道前日賈政道主上隆恩必有温諭甄應嘉道主上的恩典真是比天還高下了好些旨意賈政道什麽好旨意甄應嘉道近來越寇猖獗海疆一

帶小民不安派了安國公征剿賊寇主上因我熟悉土疆命我前往安撫但是即日就要起身昨日知老太太仙逝謹備瓣香至靈前拜奠稍盡微忱賈政即忙叩首拜謝便說老親翁即此一行必是上慰聖心下安黎庶誠哉莫大之功正在此行但弟不克親覩奇才只好遥聆捷報現在鎮海統制是弟舍親會時務望青照甄應嘉道老親翁與統制是什麽親戚賈政道弟那年在江西糧道任時將小女許配與統制少君結褵已經三載因海口案内未清繼以海寇聚奸所以音信不通弟深念小女俟老翁安撫事竣後拜懇便中請爲一視弟即修數行煩尊紀帶去便感激不盡了甄應嘉道兒女之情人所不免我正在有

奉託老親翁的事日蒙聖恩召取來京因小兒年幼家下乏人將賤眷全帶來京我因欽限迅速晝夜先行賤眷在後緩行到京尚需時日弟奉旨出京不敢久留將來賤眷到京少不得要到尊府定叫小犬叩見如可進教遇有姻事可圖之處望乞留意爲感賈政一一答應那甄應嘉又說了几句話就要起身說明日在城外再見賈政見他事忙諒難再坐只得送出書房賈璉寶玉早已伺候在那裡代送因賈政未叫不敢擅入甄應嘉出來兩人上去請安應嘉一見寶玉呆了一呆心想這信怎麽甚像我家寶玉只是渾身縞素因問至親久濶爺們都不認得了賈政忙指賈璉道這是家兄名赦之子璉二姪兒又指着寶

王道這是第二小犬名叫寶玉應嘉拍手道奇我在家聽見說老親翁有個啣玉生的愛子名叫寶玉因與小兒同名心中甚爲罕異後來想着這個也是常有的事不在意了豈知今日一見不但面貌相同且舉止一般這更奇了問起年紀比這裡的哥兒畧小一歲賈政便因提起承屬包勇問及令郎哥兒與小兒同名的話述了一遍應嘉因屬意寶玉也不暇問及那包勇的得妥只連連的稱道真真罕異因又拉了寶玉的手極致殷勤又恐安國公起身甚速急須預備長行勉强分手徐行賈璉寶玉送出一路又問了寶玉好些的話及至登車去後賈璉寶玉回來見了賈政便將應嘉問的話回了一遍賈政命他二人

散去賈璉又去張羅筭明鳳姐喪事的賬目寶玉回到自已房中告訴了寶釵說是常提的甄寶玉我想一見不能今日倒先見了他父親了我還聽得說寶玉也不日要到京了要來拜望我老爺呢又人人說和我一模一樣的我只不信若是他後兒到了偺們這裡來你們都去瞧去看他果然和我像不像寶釵聽了道噯你說話怎麼越發不留神了什麼男人同你一樣都說出來了還叫我們瞧去嗎寶玉聽了知是失言臉上一紅連忙的還要解說不知何話下回分解

紅樓夢第一百十四回終

紅樓夢第一百十五回

惑偏私惜春矢素志　證同類寶玉失相知

話說寶玉爲自巳失言被寶釵問住想要掩飾過去只見秋紋進來說外頭老爺叫二爺呢寶玉巴不得一聲便走了去到賈政那裡賈政道我叫你來不爲別的現在你穿着孝不便到學裡去你在家裡必要將你念過的文章溫習溫習我這幾天倒也閒着隔兩三日要做幾篇文章我瞧瞧看你這些時進益了沒有寶玉只得答應着賈政又道你環兄弟蘭侄兒我也叫他們溫習去了倘若你作的文章不好反倒不及他們那可就不成事了寶玉不敢言語答應了個是站着不動賈政道去罷寶

玉退了出來正撞見賴大諸人拿着些册子進來寶玉一溜烟回到自己房中寶釵問了知道叫他作文章倒也喜歡惟有寶玉不願意也不敢怠慢正要坐下靜靜心見有兩個姑子進來寶玉看是地藏菴的來和寶釵說請二奶奶安寶釵待理不理的說你們好因叫人來倒茶給師父們喝寶玉原要和那姑子說話見寶釵似乎厭惡這些也不好兜搭那姑子知道寶釵是個冷人也不久坐辭了要去寶釵道再坐坐去罷那姑子道我們因在鐵檻寺做了功德好些時沒來請太太奶奶們的安今日來了見過了奶奶太太們還要看四姑娘呢寶釵點頭由他去了那姑子便到惜春那裡見了彩屏說姑娘在那裡呢彩屏

道不用提了姑娘這幾天飯都沒吃只是歪着那姑子道爲什麽彩屏道說也話長你見了姑娘只怕他便和你說了惜春早已聽見急忙坐起說你們兩個人好啊見我們家事差了便不來了那姑子道阿彌陀佛有也是施主沒也是施主別說我們是本家庵裡的受過老太太多少恩惠呢如今老太太的事太太奶奶們都見了只沒有見姑娘心裡惦記今兒是特特的來瞧姑娘來的惜春便問起水月庵的姑子來那姑子道他們庵裡鬧了些事如今門上也不肯常放進來了便問惜春道前兒聽見說櫳翠庵的妙師父怎麽跟了人去了惜春道那裡的話說這個話的人隄防着割舌頭人家遭了强盗搶去怎麽還說

這樣的壞話那姑子道妙師父的爲人怪僻只怕是假惺惺罷在姑娘面前我們也不好說的那裡像我們這些粗夯人只知道諷經念佛給人家懺悔也爲着自己修個善果惜春道怎麽樣就是善果呢那姑子道除了偺們家這樣善德人家兒不怕若是別人家那些誥命夫人小姐也保不住一輩子的榮華到了苦難來了可就救不得了只有個觀世音菩薩大慈大悲遇見人家有苦難的就慈心發動設法兒救濟爲什麽如今都說大慈大悲救苦救難的觀世音菩薩呢我們修了行的人雖說比夫人小姐們苦多着呢只是沒有險難的了雖不能成佛作祖修修來世或者轉個男身自己也就好了不像如今脫生了

個女人胎子什麼委屈煩難都說不出来姑娘你還不知道呢要是人家姑娘們出了門子這一輩子跟着人是更沒法兒的若說修行也只要修得真那妙師父自爲才情比我們强他就嫌我們這些人俗豈知俗的纔能得善緣呢他如今到底是遭了大㔷了惜春被那姑子一番話說得合在機上也顧不得了頭們在這裡便將尤氏待他怎樣前兒看家的事說了一遍並將頭髮指給他瞧道你打諒我是什麼沒主意戀火坑的人麼早有這樣的心只是想不出道兒來那姑子聽了假作驚慌道姑娘再别說這個話珍大奶奶聽見還要罵殺我們攆出庵去呢姑娘這樣人品這樣人家將來配個好姑爺享一輩子的榮

華富貴惜春不等說完便紅了臉說珍大奶奶攆得你我就攆不得麼那姑子知是真心便索性激他一激說道姑娘别怪我們說錯了話太太奶奶們那裡就依得姑娘的性子呢那時鬧出沒意思來倒不好我們倒是爲姑娘的話惜春道這也瞧罷唎彩屏等聽這話頭不好便使個眼色兒給姑子叫他走那姑子會意本來心裡也害怕不敢挑逗便告辭出去惜春也不留他便冷笑道打諒天下就是你們一個地藏菴麼那姑子也不敢答言去了彩屏見事不妥恐耽不是悄悄的去告訴了尤氏說四姑娘絞頭髮的心頭還沒有息呢他這幾天不是病竟是怨命奶奶隄防些别鬧出事來那會子歸罪我們身上尤氏道

他那裡是爲要出家他爲的是大爺不在家安心和我過不去也只好由他罷了彩屏等没法也只好常常勸解豈知惜春一天一天的不吃飯只想絞頭髮彩屏等吃不住只得到各處告訴邢王二夫人等也都勸了好幾次怎奈惜春執迷不解邢王二夫人正要告訴賈政只聽外頭傳進來說甄家的太太帶了他們家的寶玉來了衆人急忙接出便在王夫人處坐下衆人行禮叙些寒温不必細述只言王夫人提起甄寶玉與自巳的寶玉無二要請甄寶玉進來一見傳話出去回來說道甄少爺在外書房同老爺說話說的投了機了打發人來請我們二爺三爺還叫蘭哥兒在外頭吃飯吃了飯進來說畢裡頭也便擺

飯不題且說賈政見甄寶玉相貌果與寶玉一樣試探他的文才竟應對如流甚是心敬故叫寶玉等三人出來警勵他們再者倒底叫寶玉來比一比寶玉聽命穿了素服帶了兄弟侄兒出來見了甄寶玉竟是舊相識一般那甄寶玉也像那裡見過的兩人行了禮然後賈環賈蘭相見本來賈政席地而坐要讓甄寶玉在椅子上坐甄寶玉因是晚輩不敢上坐就在地下鋪了褥子坐下如今寶玉等出來又不能同賈政一處坐着爲甄寶玉又是晚一輩又不好叫寶玉等站着賈政知是不便站着又說了幾句話叫人擺飯說我失陪叫小兒輩陪着大家說說話兒好叫他們領領大教甄寶玉遜謝道老伯大人請便侄兒

正欲領世兄們的教呢賈政回覆了幾句便自往內書房去那甄寶玉反要送出來賈政攔住寶玉等先搶了一步出了書房門檻站立着看賈政進去然後進來讓甄寶玉坐下彼此套叙了一回諸如久慕竭想的話也不必細述且說賈寶玉見了甄寶玉想到夢中之景並且素知甄寶玉爲人必是和他同心以爲得了知己因初次見面不便造次且又賈環賈蘭在坐只有極力誇讚說久仰芳名無由親炙今日見面真是謫仙一流的人物那甄寶玉素來也知賈寶玉的爲人今日一見果然不差只是可與我共學不可與你適道他既和我同名同貌也是三生石上的舊精魂了既我略知了些道理怎麽不和他講講但

是初見尚不知他的心與我同不同只好緩緩的來便道世兄的才名弟所素知的在世兄是數萬人的裡頭選出來最清最雅的在弟是庸庸碌碌一等愚人忝附同名殊覺玷辱了這兩個字賈寶玉聽了心想這個人果然同我的心一樣的但是你我都是男人不比那女孩兒們清潔怎麽他拿我當作女孩兒看待起來便道世兄謬讚實不敢當弟是至濁至愚只不過一塊頑石耳何敢比世兄品望高清實稱此兩字甄寶玉道弟少時不知分量自謂尚可琢磨豈知家遭消索數年來更比瓦礫猶賤雖不敢說歷盡甘苦然世道人情略略的領悟了好些世兄是錦衣玉食無不遂心的必是文章經濟高出人上所以老

伯鍾愛將爲席上之珍弟所以纔說尊名方稱賈寶玉聽這話頭又近了祿蠹的舊套想話回答賈環見未與他說話心中早不自在倒是賈蘭聽了這話甚覺合意便說道世叔所言固是太謙若論到文章經濟實在從歷練中出來的方爲眞才實學在小侄年幼雖不知文章爲何物然將讀過的細味起來那膏粱文繡比着令聞廣譽眞是不啻百倍的了甄寶玉未及答言賈寶玉聽了蘭兒的話心裡越發不合想道這孩子從幾時也學了這一派酸論便說道弟聞得世兄也詆盡流俗性情中另有一番見解今日弟幸會芝範想欲領教一番超凡入聖的道理從此可以淨洗俗腸重開眼界不意視弟爲蠢物所以將世

路的話來酬應甄寶玉聽說心裡曉得他知我少年的性情所以疑我爲假我索性把話說明或者與我作個知心朋友也是好的便說道世兄高論固是眞切但弟少時也曾深惡那些舊套陳言只是一年長似一年家君致仕在家懶於酬應委弟接待後來見過那些大人先生盡都是顯親揚名的人便是著書立說無非言忠言孝自有一番立德立言的事業方不枉生在聖明之時也不致負了父親長養育教誨之恩所以把少時那一派迂想痴情漸漸的淘汰了些如今尚欲訪師覓友教導愚蒙幸會世兄定當有以教我適纔所言並非虛意賈寶玉愈聽愈不耐煩又不好冷淡只得將言語支吾幸喜裡頭傳出話來

說若是外頭爺們吃了飯請甄少爺裡頭去坐呢寳玉聽了趕勢便邀甄寳玉進去那甄寳玉依命前行賈寳玉等陪着來見王夫人賈寳玉見是甄太太上坐便先請過了安賈環賈蘭也見了甄寳玉也請了王夫人的安兩母兩子互相廝認雖是賈寳玉是娶過親的那甄夫人年紀已老又是老親因見賈寳玉的相貌身材與他兒子一般不禁親熱起來王夫人更不用說拉着甄寳玉問長問短覺得比自巳家的寳玉老成些回看賈蘭也是清秀超羣的雖不能像兩個寳玉的形像也還隨得上只有賈環粗夯未免有偏愛之色衆人一見兩個寳玉在這裡都來瞧看說道真真奇事名字同了也罷怎麽相貌身材都是

一樣的虧得是我們寳玉穿孝若是一樣的衣服穿着一時也認不出來內中紫鵑一時痴意發作便想起黛玉來心裡說道可惜林姑娘死了若不死時就將那甄寳玉配了他只怕也是願意的正想着只聽得甄夫人道前日聽得我們老爺囘來說我們寳玉年紀也大了求這裡老爺留心一門親事王夫人正愛甄寳玉順口便說道我也想要與令郎作伐我家有四個姑娘那三個都不用說死的死嫁的嫁了還有我們珍大侄兒的妹子只是年紀過小幾歲恐怕難配倒是我們大媳婦的兩個堂妹子生得人才齊正二姑娘呢已經許了人家三姑娘正好與令郎爲配過一天我給令郎做媒但是他家的家計如今差

些甄夫人道太太這話又客套了如今我們家還有什麽只怕人家嫌我們窮罷了王夫人道現今府上復又出了差將來不但復舊必是比先前更要鼎盛起來甄夫人笑着道但願依着太太的話更好這麽着就求太太作個保山甄寶玉聽他們說起親事便告辭出來賈寶玉等只得陪着來到書房見賈政已在那裡復又立談幾句聽見甄家的人來回甄寶玉道太太要走了請爺同去罷于是甄寶玉告辭出來賈政命寶玉環蘭相送不題且說寶玉自那日見了甄寶玉之父知道甄寶玉來京朝夕盼望今兒見面原想得一知己豈知談了半天竟有些冰炭不投悶悶的回到自己房中也不言也不笑只管發怔寶釵

便問那甄寶玉果然像你麽寶玉道相貌倒還是一樣的只是言談間看起來並不知道什麽不過也是個祿蠹寶釵道你又編派人家了怎麽就見得也是個祿蠹呢寶玉道他說了半天並沒個明心見性之談不過說些什麽文章經濟又說什麽爲忠爲孝這樣人可不是個祿蠹麽只可惜他也生了這樣一個相貌我想來有了他我竟要連我這個相貌都不要了寶釵見他又發獃話便說道你真真說出句話來叫人發笑這相貌怎麽能不要呢況且人家這話是正理做了一個男人原該要立身揚名的誰像你一味的柔情私意不說自己没有剛烈倒說人家是祿蠹寶玉本聽了甄寶玉的話甚不耐煩又被寶釵搶

白了一場心中更加不樂悶悶昏昏不覺將舊病又勾起來了並不言語只是傻笑寶釵不知只道是我的話錯了他所以冷笑也不理他豈知那日便有些發獃襲人等慪他也不言語過了一夜次日起來只是發獃竟有前番病的樣子一日王夫人因爲惜春定要絞髮出家尤氏不能攔阻看着惜春的樣子是若不依他必要自盡的雖然晝夜着人看着終非常事便告訴了賈政賈政嘆氣跺脚只說東府裡不知幹了什麼鬧到如此地位叫了賈蓉來說了一頓叫他去和他母親說認眞勸解勸解若是必要這樣就不是我們家的姑娘了豈知尤氏不勸還好一勸了更要尋死說做了女孩兒終不能在家一輩子的若

係二姐姐一樣老爺太太們倒要煩心況且死了如今譬如我死了是的放我出了家干干淨淨的一輩子就是疼我了況且我又不出門就是櫳翠菴原是咱們家的基趾我就在那裡修行我有什麼你們也照應得着現在妙玉的當家的在那裡你們依我呢我就算得了命了若不依我呢我也沒法只有死就完了我如若遂了自已的心願那時哥哥回來我和他說並不是你們逼着我的若說我死了未免哥哥回來倒說他們不容我尤氏本與惜春不合聽他的話也似乎有理只得去回王夫人王夫人已到寶釵那裡見寶玉神魂失所心下着忙便說襲人道你們忒不留神二爺犯了病也不來回我襲人道二爺的

病原來是常有的一時好一時不好天天到太太那裡仍舊請安去原是好好兒的今兒纔發糊塗些二奶奶正要來回太太恐防太太說我們大驚小怪寶玉聽見王夫人說他們心裡一時明白恐他們受委屈便說道太太放心我沒什麼病只是心裡覺着有些悶悶的王夫人道你是有這病根子早說了好請大夫瞧瞧吃兩劑藥好了不好若再鬧到頭裡丟了玉的時候是的就費事了寶玉道太太不放心便叫個人來瞧瞧我就吃藥王夫人便叫丫頭傳話出來請大夫這一個心思都在寶玉身上便將惜春的事忘了遲了一回大夫看了服藥王夫人回去過了幾天寶玉更糊塗了甚至于飯食不進大家着急起來

恰又忙着脫孝家中無人又叫了賈芸來照應大夫賈璉家下無人請了王仁來在外帮着料理那巧姐兒是日夜哭母也是病了所以榮府中又鬧得馬仰人翻一日又當脫孝來家王夫人親身又看寶玉見寶玉人事不醒急得衆人手足無措一面哭着一面告訴賈政說大夫回了不肯下藥只好預備後事賈政嘆氣連連只得親自看視見其光景果然不好便又叫賈璉辦去賈璉不敢違拗只得叫人料理手頭又短正在為難只見一個人跑進來說二爺不好了又有饑荒來了賈璉不知何事這一嚇非同小可瞪着眼說道什麼事那小厮道門上來了一個和尚手裡拿着二爺的這塊丟的玉說要一萬賞銀賈璉照

臉啐道我打量什麽事這樣慌張前番那假的你不知道麽就是真的現在人要死了要這玉做什麽小厮道奴才也説了那和尚説給他銀子就好了又説着外頭嚷進来説這和尚撒野各自跑進來了衆人攔他攔不住賈璉道那裡有這樣怪事你們還不快打出去呢又鬧着賈政聽見了也没了主意了裡頭又哭出來説寶二爺不好了賈政益發着急只見那和尚嚷道要命拿銀子来賈政忽然想起頭裡寶玉的病是和尚治好的這會子和尚來或者有救星但是這玉倘或是真他要起銀子來怎麽樣呢想了一想道且不管他果真人好了再説賈政叫人去請那和尚已進來了也不施禮也不答話便往裡就跑賈

璉拉着道裡頭都是内眷你這野東西混跑什麽那和尚道遲了就不能救了賈璉急得一面走一面亂嚷道裡頭的人不要哭了和尚進來了王夫人等只顧着哭那裡理會賈璉走近來又嚷王夫人等回過頭来見一個長大的和尚唬了一跳躲避不及那和尚直走到寶玉炕前寶釵避過一邊襲人見王夫人站着不敢走開只見那和尚道施主們我是送玉来的説着把那塊玉擎着道快把銀子拿出來我好救他王夫人等驚惶無措也不擇真假便説道若是救活了人銀子是有的那和尚笑道拿來王夫人道你放心横竪折變的出來和尚哈哈大笑手拿着玉在寶玉耳邊叫道寶玉寶玉你的寶玉回來了説了這

一句王夫人等見寶玉把眼一睜襲人說道好了只見寶玉便問道在那裡呢那和尚把玉遞給他手裡寶玉先前緊緊的攥着後來慢慢的得過手來放在自巳眼前細細的一看說噯呀久違了裡外衆人都喜歡的念佛連寶釵也顧不得有和尚了賈璉也走過來一看果見寶玉回過來了心裡一喜疾忙躲出去了那和尚也不言語赶來拉着賈璉就跑賈璉只得跟着到了前頭趕着告訴賈政賈政聽了喜歡卽找和尚施禮叩謝和尚還了禮坐下賈璉心下狐疑必是要了銀子纔走賈政細看那和尚又非前次見的便問寶剎何方法師大號這玉是那裡得的怎麽小兒一見便會活過來呢那和尚微微笑道我也不

知道只要拿一萬銀子來就完了賈政見這和尚粗魯也不敢得罪便說有和尚道有便快拿來罷我要走了賈政道略請少坐待我進內瞧瞧和尚道你去快出來纔好賈政果然進去也不及告訴便走到寶玉炕前寶玉見是父親來欲要爬起因身子虛弱起不來王夫人按着說道不要動寶玉笑着拿這玉給賈政瞧道寶玉來了賈政畧畧一看知道此事有些根源也不細看便和王夫人道寶玉好過來了這賞銀怎麽樣王夫人道儘着我所有的折變了給他就是了寶玉道只怕這和尚不是要銀子的罷賈政點頭道我也看來古怪但是他口口聲聲的要銀子王夫人道老爺出去先款留着他再說賈政出來寶玉

便嚷餓了喝了一碗粥還說要飯婆子們果然取了飯來王夫人還不敢給他吃寶玉說不妨的我已經好了便爬着吃了一碗漸漸的神氣果然好過来了便要坐起来麝月上去輕輕的扶起因心裡喜歡忘了情說道真是寶貝纔看見了一會兒就好了虧的當初没有砸破寶玉聽了這話神色一變把玉一撂身子往後一仰未知死活下回分解

紅樓夢第一百十五回終

紅樓夢第一百十六回

得通靈幻境悟仙緣　送慈柩故鄉全孝道

話說寶玉一聽麝月的話身往後仰復又死去急得王夫人等哭叫不止麝月自知失言致禍此時王夫人等也不及說他那麝月一面哭着一面打算主意心想若是寶玉一死我便自盡跟了他去不言麝月心裡的事且說王夫人等見叫不回來趕着叫人出来找和尚救治豈知賈政進內出去時那和尚已不見了賈政正在咤異聽見裡頭又鬧急忙進来見寶玉又是先前的樣子牙關緊閉脉息全無用手在心窩中一摸尚是温熱賈政只得急忙請醫灌藥救治那知那寶玉的魂魄早已出了竅了你道死了不成却原来恍恍惚惚赶到前廳見那送玉的和尚坐着便施了禮那和尚忙站起身來拉着寶玉就走寶玉跟了和尚覺得身輕如葉飄飄颻颻也没出大門不知從那裡走出來了行了一程到了個荒野地方遠遠的望見一座牌樓好像曾到過的正要問那和尚只見恍恍惚惚又來了一個女人寶玉心裡想道這樣曠野地方那得有如此的麗人必是神仙下界了寶玉想着走近前來細細一看竟有些認得的只是一時想不起來見那女人合和尚打了一個照面就不見了寶玉一想竟是尤三姐的樣子越發納悶怎麼他也在這裡又要問時那和尚早拉着寶玉過了牌樓只見牌上寫著真如福地

四個大字兩邊一幅對聯乃是

　　假去真來真勝假　無原有是有非無

轉過牌坊便是一座宮門門上也橫書着四個大字道福善禍淫又有一副對聯大書云

　　過去未來莫謂智賢能打破

　　前因後果須知親近不相逢

寶玉看了心下想道原來如此我倒要問問因果來去的事了這麽一想只見鴛鴦站在那裡招手兒叫他寶玉想道我走了半日原不曾出園子怎麽改了樣兒了呢趕着要合鴛鴦說話豈知一轉眼便不見了心裡不免疑惑起來走到鴛鴦站的地方兒乃是一溜配殿各處都有匾額寶玉無心去看只向鴛鴦立的所在奔去見那一間配殿的門半掩半開寶玉也不敢造次進去心裡正要問那和尚一聲回過頭來和尚早已不見了寶玉恍惚見那殿宇巍峩絕非大觀園景象便立住脚抬頭看那匾額上寫道引覺情痴兩邊寫的對聯道

　　喜笑悲哀都是假　貪求思慕總因痴

寶玉看了便點頭嘆息想要進去找鴛鴦問他是什麽所在細細想來甚是熟識便仗着膽子推門進去滿屋一瞧並不見鴛鴦裡頭只是黑漆漆的心下害怕正要退出見有十數個大櫥櫥門半掩寶玉忽然想起我少時做夢曾到過這樣個地方如

今能彀親身到此也是大幸恍惚間把找鴛鴦的念頭忘了便仗着膽子把上首大櫥開了櫥門一瞧見有好幾本冊子心裡更覺喜歡想道大凡人做夢說是假的豈知有這夢便有這事我常說還要做這個夢再不能的不料今兒被我着了但不知那冊子是那個見過的不是伸手在上頭取了一本冊上寫着金陵十二釵正冊寶玉拿着一想道我恍惚記得是那個只恨記得不清楚便打開頭一頁看去見上頭有畫但是畫跡模糊再瞧不出來後面有幾行字跡也不清楚尚可摹擬便細細的看去見有什麼玉帶上頭有個好像林字心裡想道莫不是說林妹妹罷便認真看去底下又有金簪雪裡四字詫異道怎麼又像他的名字呢復將前後四句合起來一念道也沒有什麼道理只是暗藏着他兩個名字並不為奇獨有那憐字嘆字不好這是怎麼解想到那裡又啐道我是偷着看若只管呆想起來倘有人來又看不成了遂往後看也無暇細玩那畫圖只從頭看去看到尾上有幾句詞什麼虎兎相逢大夢歸一句便恍然大悟道是了果然機關不爽這必是元春姐姐了若都是這樣明白我要抄了去細玩起來那些姊妹們的壽夭窮通沒有不知的了我回去自不肯洩漏只做一個未卜先知的人也省了多少閒想又向各處一瞧並沒有筆硯又恐人來只得忙着看去只見圖上影影有一個放風箏的人兒也無心去看急

急的將那十二首詩詞都看遍了也有一看便知的也有一想便得的也有不大明白的心下牢牢記著一面嘆息一面又取那金陵又副册一看看到堪羨優伶有福誰知公子無緣先前不懂見上面尚有花席的影子便大驚痛哭起來待要往後再看聽見有人說道你又發呆了林妹妹請你呢好似鴛鴦的聲氣回頭卻不見人心中正自驚疑忽鴛鴦在門外招手寶玉一見喜得趕出來但見鴛鴦在前影影綽綽的走只是趕不上寶玉叫道好姐姐等等我那鴛鴦並不理只顧前走寶玉無奈盡力趕去忽見別有一洞天樓閣高聳殿角玲瓏且有好些宮女隱約其間寶玉貪看景致竟將鴛鴦忘了寶玉順步走入一座

宮門內有奇花異卉都也認不明白惟有白石花闌圍着一顆青草葉頭上略有紅色但不知是何名草這樣矜貴只見微風動處那青草已擺搖不休雖說是一枝小草又無花朵其嫵媚之態不禁心動神怡魂消魄喪寶玉只管呆呆的看着只聽見旁邊有一人說道你是那裡來的蠢物在此窺探仙草寶玉聽了吃了一驚回頭看時卻是一位仙女便施禮道我找鴛鴦姐姐誤入仙境恕我冒昧之罪請問神仙姐姐這裡是何地方怎麼我鴛鴦姐姐到此還說是林妹妹叫我望乞明示那人道誰知你的姐姐妹妹我是看管仙草的不許凡人在此逗留寶玉欲待要出來又捨不得只得央告道神仙姐姐既是那管理仙

草的必然是花神姐姐了但不知這草有何好處那仙女道你要知道這草說起来話長着呢那草本在靈河岸上名曰絳珠草因那時萎敗幸得一個神瑛侍者日以甘露灌溉得以長生後來降凡歷刼還報了灌溉之恩今返歸真境所以警幻仙子命我看管不令蜂纏蝶戀寶玉聽了不解一心疑定必是遇見了花神了今日斷不可當面錯過便問管這草的是神仙姐姐了還有無數名花必有專管的我也不敢煩問只有看管芙蓉花的是那位神仙那仙女道我却不知除是我主人方曉寶玉便問道姐姐的主人是誰那仙女道我主人是瀟湘妃子寶玉聽道是了你不知道這位妃子就是我的表妹林黛玉那仙女

道胡說此地乃上界神女之所雖號為瀟湘妃子並不是娥皇女英之輩何得與凡人有親你少来混說瞧着叫力士打你出去寶玉聽了發怔只覺自形穢濁正要退出又聽見有人趕來說道裡面叫請神瑛侍者那人道我奉命等了好些時總不見有神瑛侍者過來你叫我那裡請去那一個笑道纔退去的不是麼那侍女慌忙趕出來說請神瑛侍者回來寶玉只道是問別人又怕被人追赶只得踉蹌而逃正走時只見一人手提寶劍迎面攔住說那裡走唬得寶玉驚惶無措仗着膽抬頭一看却不是別人就是尤三姐寶玉見了畧定些神央告道姐姐怎麽你也來逼起我來了那人道你們弟兄沒有一個好人敗人

名節破人婚姻今兒你到這裡是不饒你的了寶玉聽去話頭不好正自着急只聽後面有人叫道姐姐快快攔住不要放他走了尤三姐道我奉妃子之命等候已久今兒見了必定要一劍斬斷你的塵緣寶玉聽了益發着忙又不懂這些話到底是什麼意思只得回頭要跑豈知身後說話的並非別人却是晴雯寶玉一見悲喜交集便說我一個人走迷了道兒遇見仇人我要逃回却不見你們一人跟着我如今好了晴雯姐姐快快的帶我回家去罷晴雯道侍者不必多疑我非晴雯我是奉妃子之命特來請你一會並不難爲你寶玉滿腹狐疑只得問道姐姐說是妃子叫我那妃子究是何人晴雯道此時不必問到

了那裡自然知道寶玉沒法只得跟着走細看那人背後舉動恰是晴雯那面目聲音是不錯的了怎麼他說不是我此時心裡糢糊且別管他到了那邊見了妃子就有不是那時再求他到底女人的心腸是慈悲的必定恕我冒失正想着不多時到了一個所在只見殿宇精致彩色輝煌庭中一叢翠竹戶外數本蒼松廊簷下立着幾個侍女都是宮粧打扮見了寶玉進來便悄悄的說道這就是神瑛侍者麼引着寶玉的說道就是你快進去通報罷有一侍女笑着招手寶玉便跟着進去過了幾層房舍見一正房珠簾高掛那侍女說站着候旨寶玉聽了也不敢則聲只得在外等着那侍女進去不多時出來說請侍者

忽見又有一人捲起珠簾只見一女子頭戴花冠身穿綉服端坐在內寶玉略一擡頭見是黛玉的形容便不禁的說道妹妹在這裡叫我好想那簾外的侍女悄咤道這侍者無禮快快出去說猶未了又見一個侍兒將珠簾放下寶玉此時欲待進去又不敢要走又不捨待要問明見那些侍女並不認得又被驅逐無奈出來心想要問晴雯回頭四顧並不見有晴雯心下狐疑只得怏怏出來又無人引着正欲找原路而去却又找不出舊路了正在爲難見鳳姐站在一所房簷下招手兒寶玉看見喜歡道可好了原來回到自已家裡了怎麼一時迷亂如此急奔前來說姐姐在這裡麼我被這些人捉弄到這個分見林妹

妹又不肯見我不知是何原故說着走到鳳姐站的地方細看起來並不是鳳姐原來却是賈蓉的前妻秦氏寶玉只得立住脚要問鳳姐姐在那裡那秦氏也不答言竟自往屋裡去了寶玉恍恍惚惚的又不敢跟進去只得呆呆的站着嘆道我今兒得了什麼不是衆人都不理我痛哭起來見有幾個黃巾力士執鞭趕來說是何處男人敢闖入我們這天仙福地來快走出去寶玉聽得不敢言語正要尋路出來遠遠望見一羣女子說笑前來寶玉看時又像是迎春等一干人走來心裡喜歡叫道我迷住在這裡你們快來救我正嚷着後面力士趕來寶玉急得往前亂跑忽見那一羣女子都變作鬼怪形像也來追撲寶

玉正在情急只見那送玉來的和尚手裡拿着一面鏡子一照
說道我奉元妃娘娘旨意特来救你登時鬼怪全無仍是一片
荒郊寶玉拉着和尚說道我記得是你領我到這裡你一時又
不見了看見了好些親人只是都不理我忽又變作鬼怪到底
是夢是真望老師明白指示那和尚道你到這裡曾偷看什麼
東西沒有寶玉一想道他既能帶我到天仙福地自然也是神
仙了如何瞞得他况且正要問個明白便道我倒見了好些冊
子來著那和尚道可又来你見了冊子還不解麼世上的情緣
都是那些魔障只要把歷過的事情細細記着將來我與你說
明說著把寶玉狠命的一推說回去罷寶玉站不住脚一跤跌

倒口裡嚷道阿喲衆人正在哭泣聽見寶玉甦來連忙叫喚寶
玉睜眼看時仍躺在炕上見王夫人寶釵等哭的眼泡紅腫定
神一想心裡說道是了我是死去過來的遂把神魂所歷的事
呆呆的細想幸喜還記得便哈哈的笑道是了是了王夫人只
道舊病復發便好延醫調治即命丫頭婆子快去告訴賈政說
是寶玉回過來了頭裡原是心迷住了如今說出話来不用備
辦後事了賈政聽了即忙進來看視果見寶玉甦來便道沒福
的痴兒你要唬死誰麼說着眼淚也不知不覺流下來了又嘆
了幾口氣仍出去叫人請醫生胗脉服藥這裡麝月正思自盡
見寶玉一過来也放了心只見王夫人叫人端了桂圓湯叫他

喝了幾口漸漸的定了神王夫人等放心也沒有說麝月只叫人仍把那玉交給寶釵給他帶上想起那和尚來這玉不知那裡找來的也是古怪怎麽一時要銀一時又不見了莫非是神仙不成寶釵道說起那和尚來的踪跡去的影響那玉倒不是找來的頭裡丟的時候必是那和尚取去的王夫人道玉在家裡怎麽能取的了去寶釵道既可送來就可取去襲人麝月道那年丟了玉林大爺測了個字後來二奶奶過了門我還告訴過二奶奶說測的那字是什麽賞字二奶奶還記得麽寶釵想道是了你們說測的是當鋪裡找去如今纔明白了竟是個和尚的尚字在上頭可不是和尚取了去的麽王夫人道那和尚

本來古怪那年寶玉病的時候那和尚來說是我們家有寶貝可解說的就是這塊玉了他既知道自然這塊玉到底有些來歷況且你女婿養下來就嘴裡含着的古往今來你們聽見過這麽第二個麽只是不知終久這塊玉到底怎麽着就連偺們這一個也還不知是怎麽着呢病也是這塊玉好也是這塊玉生也是這塊玉說到這裡忽然住了不免又流下淚來寶玉聽了心裡却也明白更想死去的事愈加有因只不言語心裡細細的記憶那時惜春便說道那年失玉還請妙玉請過仙說是青埂峯下倚古松還有什麽入我門來一笑逢的話想起來入我門三字大有講究佛教法門最大只怕二哥哥不能入得去

寶玉聽了又冷笑幾聲寶釵聽着不覺的把眉頭兒肐揪着發起怔来尤氏道偏你一說又是佛門了你出家的念頭還沒有歇麼惜春笑道不瞞嫂子說我早已斷了葷了王夫人道好孩子阿彌陀佛這個念頭是起不得的惜春聽了也不言語寶玉想青燈古佛前的詩句不禁連歎幾聲忽又想起一床蓆一枝花的詩句來拿眼睛看着襲人不覺又流下淚來衆人都見他忽笑忽悲也不解是何意只道是他的舊病豈知寶玉觸處機來竟能把偷看冊上的詩句牢牢記住了只是不說出來心中早有一家成見在那裡了暫且不題且說衆人見寶玉死去復生神氣清爽又加連日服藥一天好似一天漸漸的復原起來

便是賈政見寶玉已好現在丁憂無事想起賈赦不知幾時遇赦老太太的靈柩久停寺内終不放心欲要扶柩回南安葬便叫了賈璉來商議賈璉便道老爺想的極是如今趁着丁憂幹了這件大事更好將来老爺起了服只怕又不能遂意了但是我父親不在家姪兒又不敢僭越老爺的主意很好只是這件事也得好幾千銀子衙門裡緝贓那是再緝不出来的賈政道我的主意是定了只爲大老爺不在家叫你來商議商議怎麽個辦法你是不能出門的現在這裡沒有人我想好幾口材都要帶回去我一個人怎麽能彀照應想着把蓉哥兒帶了去況且有他媳婦的棺材也在裡頭還有你林妹妹的那是老太太

的遺言說跟著老太太一塊兒回去的我想這一項銀子只好在那裡挪借幾千也就彀了賈璉道如今的人情過於淡薄老爺呢又丁憂我們老爺呢又在外頭一時借是借不出來的了只好拿房地文書出去押去賈政道住的房子是官蓋的那裡動得賈璉道住房是不能動的外頭還有幾所可以出脫的等老爺起復後再贖也使得將來我父親回來了倘能也再起用也好贖的只是老爺這麼大年紀辛苦這一場姪兒們心裡卻不安賈政道老太太的事是應該的只要你在家謹慎些把持定了纔好賈璉道老爺這倒只管放心姪兒雖糊塗斷不敢不認真辦理的況且老爺回南少不得多帶些人去所留下的人也有限了這點子費用還可以過的來就是老爺路上短少些必經過賴尚榮的地方可以叫他出點力兒賈政道自巳老人家的事叫人家幫什麼呢賈璉答應了個是便退出來打算銀錢賈政便告訴了王夫人叫他管了家自巳擇了發引長行的日子就要起身寶玉此時身體復元賈環賈蘭倒認真念書賈政都交付給賈璉叫他管教今年是大比的年頭環兒是有服的不能入場蘭兒是孫子服滿了也可以考的務必叫寶玉同着姪兒考去能彀中一個舉人也好贖一贖僧們的罪名賈璉等唯唯應命賈政又吩咐了在家的人說了好些話纔別了宗祠便在城外念了幾天經就發引下船帶了林之孝等而去也

沒有驚動親友惟有自家男女送了一程回來賈政命他赴考王夫人便不時催逼查考起他的工課來那寶釵襲人時常勸勉自不必說那知寶玉病後雖精神日長他的念頭一發更奇僻了竟換了一種不但厭棄功名仕進竟把那兒女情緣也看淡了好些只是衆人不大理會寶玉也並不說出來一日恰遇紫鵑送了林黛玉的靈柩回來悶坐自己屋裡啼哭想着寶玉無情見他林妹妹的靈柩回去並不傷心落淚見我這樣痛哭也不來勸慰反瞅着我笑這樣負心的人從前都是花言巧語來哄着我們前夜虧我想得開不然幾乎又上了他的當只是一件叫人不解如今我看他待襲人也是冷冷兒的二

奶奶是本來不喜歡親熱的麝月那些人就不抱怨他麼看來女孩兒們多半是痴心的白操了那些時的心不知將來怎樣結局正想着只見五兒走來瞧他見紫鵑滿面淚痕便說姐姐又哭林姑娘了我想一個人聞名不如眼見頭裡聽着二爺女孩子跟前是最好的我母親再三的把我弄進來豈知我進來了盡心竭力的伏侍了幾次病如今病好了連一句好話也沒有剩出來這會子索性連正眼兒也不瞧了紫鵑聽他說的好笑便噗哧的一笑啐道呸你這小蹄子你心裡要寶玉怎麼樣待你纔好女孩兒家也不害臊人家明公正氣的屋裡人他瞧着還沒事人一大堆呢有功夫理你去因又笑著拿個指頭往

臉上抹着問道你到底算寶玉的什麼人哪那五兒聽了自知失言便飛紅了臉待要解說不是要寶玉怎樣看待說他近來不憐下的話只聽院門外亂嚷說外頭和尚又來了要那一萬銀子呢太太着急叫璉二爺和他講去偏偏璉二爺又不在家那和尚在外頭說些瘋話太太叫請二奶奶過去商量不知怎樣打發那和尚下回分解

紅樓夢第一百十六回終

紅樓夢第一百十七回

阻超凡佳人雙護玉　欣聚黨惡子獨承家

話說王夫人打發人來叫寶釵過去商量寶玉聽見說是和尚在外頭赶忙的獨自一人走到前頭嘴裡亂嚷道我的師父在那裡叫了半天並不見有和尚只得走到外面見李貴將和尚攔住不放他進來寶玉便說道太太叫我請師父進去李貴聽了鬆了手那和尚便搖搖擺擺的進來寶玉看見那僧的形狀與他死去時所見的一般心裡早有些明白了便上前施禮連叫師父弟子迎候來遲那僧說我不要你們接待只要銀子拿了來我就走寶玉聽來又不像有道行的話看他滿頭癩瘡渾身腌臢破爛心裡想道自古說真人不露相露相不真人也不可當面錯過我且應了他謝銀並探探他的口氣便說道師父不必性急現在家母料理請師父坐下略等片刻弟子請問師父可是從太虛幻境而來那和尚道什麽幻境不過是來處來去處去罷了我是送還你的玉來的我且問你那玉是從那裡來的寶玉一時對答不來那僧笑道你自己的來路還不知便來問我寶玉本來穎悟又經點化早把紅塵看破只是自己的底裡未知一聞那僧問起玉來好像當頭一棒便說道你也不用銀子的我把那玉還你罷那僧笑道也該還我了寶玉也不答言往裡就跑走到自己院內見寶釵襲人等都到王夫人那

裡去了忙向自巳床邉取了那玉便走出來迎面碰見了襲人撞了一個滿懷把襲人唬了一跳說道太太說你陪着和尚坐著狠好太太在那裡打筭送他些銀兩你又回來做什麼寶玉道你快去回太太說不用張羅銀子了我把這玉還了他就是了襲人聽說卽忙拉住寶玉道這斷使不得的那玉就是你的命若是他拿了去你又要病着了寶玉道如今再不病的了我巳經有了心了要那玉何用摔脫襲人便想要走襲人急的赶着嚷道你回來我告訴你一句話寶玉回過頭來道沒有什麼說的了襲人顧不得什麼一面赶着跑一面嚷道上回丟了玉几乎沒有把我的命要了剛剛兒的有了他拿了去你也活不

成我也活不成了你要還他除非是叫我死了說着赶上一把拉住寶玉急了道你死也要還你不死也要還狠命的把襲人一推抽身要走怎奈襲人兩隻手繞着寶玉的帶子不放哭着喊着坐在地下裡面的丫頭聽見連忙赶来瞧見他兩個人的神情不好只聽見襲人哭道快告訴太太去寶二爺要把那玉去還和尚呢丫頭赶忙飛報王夫人那寶玉更加生氣用手來掰開了襲人的手幸虧襲人忍痛不放紫鵑在屋裡聽見寶玉要把玉給人這一急比別人更甚把素日冷淡寶玉的主意都忘在九霄雲外了連忙跑出来幫著抱住寶玉那寶玉雖是個男人用力摔打怎奈兩個人死命的抱住不放也難脫身嘆口

氣道為一塊玉這樣死命的不放若是我一個人走了你們又怎麼樣襲人紫鵑聽了這話不禁嚎啕大哭起來正在難分難解王夫人寶釵急忙赶来見是這樣形景王夫人便哭着喝道寶玉你又瘋了寶見玉王夫人來了明知不能脫身只得陪笑道這當什麼又叫太太着急他們總是這樣大驚小怪我說那和尚不近人情他必要一萬銀子少一個不能我生氣進來拿了這玉還他就說是假的要這玉幹什麼他見我們不希罕那玉便隨意給他些就過去了王夫人道我打諒真要還他這也罷了為什麼不告訴明白了他們叫他們哭哭喊喊的像什麼寶釵道這麼說呢倒還使得要是真拿那玉給他那和尚有些

古怪倘或一給了他又鬧到家口不寧豈不是不成事了麼至於銀錢呢就把我的頭面折變了也還彀了呢王夫人聽了道也罷了且就這麼辦罷寶玉也不回答只見寶釵走上来在寶玉手裡拿了這玉說道你也不用出去我合太太給他錢就是了寶玉道玉不還他也使得只是我還得當面見他一見纔好襲人等仍不肯放手到底寶釵明决說放了手由他去就是了襲人只得放手寶玉笑道你們這些人原來重玉不重人哪你們既放了我我便跟着他走了看你們就守著那塊玉怎麼樣襲人心裡又着急起来仍要拉他只礙着王夫人和寶釵的面前又不好太露輕薄恰好寶玉一撒手就走了襲人忙叫小丫

頭在三門口傳了焙茗等告訴外頭照應着二爺他有些瘋了小丫頭答應了出去王夫人寶釵等進來坐下問起襲人來由襲人便將寶玉的話細細說了王夫人寶釵甚是不放心又叫人出去吩咐衆人伺候聽着和尚說些什麼回來小丫頭傳話進來回王夫人道二爺真有些瘋了外頭小厮們說裡頭不給他玉他也沒法見如今身子出來了求那和尚帶了他去王夫人聽了說道這還了得那和尚說什麼來著小丫頭回道和尚說要玉不要人寶釵道不要銀子了麼小丫頭道沒聽見說後來和尚合二爺兩個人說着笑着有好些話外頭小厮們都不大懂王夫人道糊塗東西聽不出來學是自然學得來的便叫

小丫頭你把那小厮叫進來小丫頭連忙出去叫進那小厮站在廊下隔着窗戶請了安王夫人便問道和尚和二爺的話你們不懂難道學也學不來嗎那小厮回道我們只聽見說什麼大荒山什麼青埂峯又說什麼太虛境斬斷塵緣這些話王夫人聽着也不懂寶釵聽了唬得兩眼直瞪半句話都沒有了正要叫人出去拉寶玉進來只見寶玉笑嘻嘻的進來說好了好了寶釵仍是發怔王夫人道你瘋瘋顛顛的說的是什麼寶玉道正經話又說我瘋顛那和尚與我原認得的他不過也是要來見我一見他何嘗是真要銀子呢也只當化個善緣就是了所以說明了他自已就飄然而去了這可不是好了麼王夫人

不信又隔着窗戶問那小厮那小厮連忙出去問了門上的人進來回說果然和尚走了說請太太們放心我原不要銀子只要寶二爺時常到他那裡去去就是了諸事只要隨緣自有一定的道理王夫人道原來是個好和尚你們曾問他住在那裡小厮道門上的說他說來着我們二爺知道的王夫人便問寶玉他到底住在那裡寶玉笑道這個地方兒說遠就遠說近就近寶釵不待說完便道你醒醒兒罷別儘着迷在裡頭現在老爺太太就疼你一個人老爺還吩咐叫你幹功名上進呢寶玉道我說的不是功名麼你們不知道一子出家七祖昇天王夫人聽到那裡不覺傷起心來說我們的家運怎麼好一個四丫

頭口口聲聲要出家如今又添出一個來了我這樣的日子過他做什麼說着放聲大哭寶釵見王夫人傷心只得上前苦勸寶玉笑道我說了一句頑話兒太太又認起真來了王夫人止住哭聲道這些話也是混說的麼正鬧着只見丫頭來回話璉二爺回來了顏色大變說請太太回去說話王夫人又吃了一驚說道將就些叫他進來罷小嬸子也是舊親不用迴避了賈璉進來見了王夫人請了安寶釵迎着也請了賈璉的安賈璉回道剛纔接了我父親的書信說是病重的很叫我就去遲了恐怕不能見面說到那裡眼淚便掉下來了王夫人道書上寫的是什麼病賈璉道寫的是感冒風寒起的如今竟成了癆病

了現在危急㟁差一個人連日連夜趕來的說如若再躭擱一兩天就不能見面了故來回太太侄兒必得就去纔好只是家裡沒人照管薔兒芸兒雖說糊塗到底是個男人外頭有了事來還可傳個話侄兒家裡倒沒有什麽事秋桐是天天哭着喊着不願意在這裡侄兒叫了他娘家的人來領了去了倒省了平兒好些氣雖是巧姐沒人照應還虧平兒的心不很壞姐兒心裡也明白只是性氣比他娘還剛硬些求太太時常管教管教他說着眼圈兒一紅連忙把腰裡拴檳榔荷包的小絹子拉下來擦眼王夫人道放着他親祖母在那裡托我做什麽賈璉輕輕的說道太太要說這個話侄兒就該活活兒的打死了沒

什麽說的總求太太始終疼侄兒就是了說着就跪下來了王夫人也眼圈兒紅了說你快起來娘兒們說話兒這是怎麽說只是一件孩子也大了倘或你父親有個一差二錯又躭擱住了或者有個門當戶對的來說親還是等你回來還是你太太作主賈璉道現在太太們在家自然是太太們做主不必等我王夫人道你要去就寫了稟帖給二老爺送個信說家下無人你父親不知怎樣快請二老爺將老太太的大事早早的完結快快回來賈璉答應了是正要走出去復轉回來回說道咱們家的家下人家裡還彀使喚只是園裡沒有人太空了包勇又跟了他們老爺去了姨太太住的房子薛二爺已搬到自已的

房子內住了園裡一帶屋子都空著忒沒照應還得太太叫人常查看查看那櫳翠菴原是偺們家的地基如今妙玉不知那裡去了所有的根基他的當家女尼不敢自巳作主要求府裡一個人管理管理王夫人道自巳的事還鬧不清還擱得住外頭的事麼這句話好歹別叫四丫頭知道若是他知道了又要吵着出家的念頭出來了你想偺們家什麼樣的人家好好的姑娘出了家還了得賈璉道太太不提起侄兒也不敢說四妹妹到底是東府裡的又沒有父母他親哥哥又在外頭他親嫂子又不大說的上話侄兒聽見要尋死覓活了好幾次他既是心裡這麽着的了若是牛着他將來倘或認真尋了死比出家

更不好了王夫人聽了點頭道這件事真真叫我也難擔我也做不得主由他大嫂子去就是了賈璉又說了幾句纔出來叫了衆家人來交代清楚寫了書收拾了行裝平兒等不免叮嚀了好些話只有巧姐兒慘傷的了不得賈璉又欲托王仁照應巧姐到底不願意聽見外頭托了芸薔二人心裡更不受用嘴裡却說不出來只得送了他父親謹謹慎慎的隨著平兒過日子豐兒小紅因鳳姐去世告假的告假告病的告病平兒意欲接了家中一個姑娘來一則給巧姐作伴二則可以帶量他遍想無人祗有喜鸞四姐兒是賈母舊日鍾愛的偏偏四姐兒新近出了嫁了喜鸞也有了人家兒不日就要出閣也只得罷了

且說賈芸賈薔送了賈璉便進來見了邢王二夫人他兩個倒替著在外書房住下日間便與家人廝鬧有時找了幾個朋友吃個車箍轆會甚至聚賭裡頭那裡知道一日邢大舅王仁來瞧見了賈芸賈薔住在這裡知他熱鬧也就借著照看的名兒時常在外書房設局賭錢喝酒所有幾個正經的家人賈政帶了幾個去賈璉又跟去了幾個只有那賴林諸家的兒子姪兒那些少年托著老子娘的福吃喝慣了的那知當家立計的道理況且他們長輩都不在家便是沒籠頭的馬了又有兩個旁主人慫恿無不樂爲這一鬧把個榮國府鬧得沒上沒下沒裡沒外那賈薔還想勾引寶玉賈芸攔住道寶二爺那個人沒運

氣的不用惹他那一年我給他說了一門子絕好的親父親在外頭做稅官家裡開幾個當鋪姑娘長的比仙女兒還好看我巴巴兒的細細的寫了一封書子給他誰知他沒造化說到這裡瞧了瞧左右無人又說他心裡早和偺們這個二嬸娘好上了你沒聽見說還有一個林姑娘呢弄的害了相思病死的誰不知道這也罷了各自的姻緣罷咧誰知他爲這件事倒惱了我了摠不大理他打諒誰必是借誰的光兒呢賈薔聽了點點頭纔把這個心歇了他兩個還不知道寶玉自會那和尚以後他是欲斷塵緣一則在王夫人跟前不敢任性已與寶釵襲人等皆不大欵洽了那些丫頭不知道還要逗他寶玉那裡看得

到眼裡他也並不將家事放在心裡時常王夫人寳釵勸他念書他便假作攻書一心想著那個和尚引他到那仙境的机關心目中觸處皆爲俗人却在家難受閑來倒與惜春閒講他們兩個人講得上了那種心更加准了幾分那裡還管賈環賈蘭等那賈環爲他父親不在家趙姨娘已死王夫人不大理會他便入了賈薔一路倒是彩雲時常規勸反被賈環辱罵玉釧兒見寳玉瘋顛更甚早和他娘說了要求著出去如今寳玉賈環他哥兒兩個各有一種脾氣鬧得人人不理獨有賈蘭跟著他母親上緊攻書作了文字送到學裡請教代儒因近來代儒老病在床只得自已刻苦李紈是素來沉靜的除請王夫人的安

會會寳釵餘者一步不走只有看著賈蘭攻書所以榮府住的人雖不少竟是各自過各自的誰也不肯做誰的主賈環賈薔等愈鬧的不像事了甚至偷典偷賣不一而足賈環更加宿娼濫賭無所不爲一日那大舅王仁都在賈家外書房喝酒一時高興叫了幾個陪酒的來唱着喝着勸酒賈薔便說你們鬧的太俗我要行個令兒衆人道使得賈薔道偺們月字流觴罷我先說起月字數到那個便是那個喝酒還要酒面酒底須得依着令官不依者罰三大盃衆人都依了賈薔喝了一盃令酒便說飛羽觴而醉月順飲數到賈環賈薔說酒面要個桂字賈環便說道冷露無聲濕桂花酒底呢賈薔道說個香字賈環道天

香雲外飄邢大舅說道沒趣沒趣你又懂得什麽字了也假斯
文起來這不是取樂竟是慪人了偺們都蠲了倒是搳拳輸家
喝輸家唱叫作苦中苦若是不會唱的說個笑話兒也使得只
要有趣衆人都道使得於是亂搳起來王仁輸了喝了一盃唱
了一個衆人道好又搳起来了是個陪酒的輸了唱了一個什
麽小姐小姐多丰彩以後邢大舅輸了衆人要他唱曲兒他道
我唱不上來我說個笑話兒罷賈薔道若說不笑人仍要罰的
邢大舅就喝了一盃說道諸位聽着村庄上有一座元帝廟旁
邊有個土地祠那元帝老爺常叫土地來說閑話兒一日元帝
廟裡被了盜便叫土地去查訪土地禀道這地方沒有賊的必

是神將不小心被外賊偷了東西去元帝道胡說你是土地失
了盜不問你問誰去呢你倒不去拿賊反說我的神將不小心
嗎土地禀道雖說是不小心倒底是廟裡的風水不好元帝道
你倒會看風水麽土地道待小神看看那土地向各處瞧了一
會便來回禀道老爺坐的身子背後兩扇紅門就不謹愼小神
坐的背後是砌的墻自然東西丢不了以後老爺的背後也改
了墻就好了元帝老爺聽來有理便叫神將派人打墻衆神將
嘆口氣道如今香火一炷也沒有那裡有磚灰人工來打墻呢
元帝老爺沒法叫神將作法却都沒有主意那元帝老爺脚下
的龜將軍站起來道你們不中用我有主意你們將紅門拆下

來到了夜裡拿我的肚子堵住這門口難道當不得一堵墻麽衆神將都說道好又不花錢又便當結寔于是龜將軍便當這個差使竟安靜了豈知過了幾天那廟裡又丟了東西衆神將叫了土地來說道你說砌了墻就不丟東西怎麽如今有了墻還要丟那土地道這墻砌的不結寔衆神將道你瞧去土地一看果然是一堵好墻怎麽還有失事把手摸了一摸道我打諒是真墻那裡知道是個假墻衆人聽了大笑起來賈薔也忍不住的笑說道傻大舅你好我没有罵你你為什麽罵我快拿盃來罰一大盃邢大舅喝了已有醉意衆人又喝了几盃都醉起來邢大舅說他姐姐不好王仁說他妹妹不好都說的狠狠毒

毒的賈環聽了趁著酒興也說鳳姐不好怎樣苛刻我們怎麽樣踏我們的頭衆人道大凡做個人原要厚道些看鳳姑娘仗着老太太這樣的利害如今焦了尾巴梢子了只剩了一個姐兒只怕也要現世現報呢賈芸想着鳳姐待他不好又想起巧姐兒見他就哭也信着嘴兒混說還是賈薔道喝酒罷說人家做什麽那兩個陪酒的道這位姑娘多大年紀了長得怎麽樣賈薔道模樣兒是好的狠的年紀也有十三四歲了那陪酒的說道可惜這樣人生在府裡這樣人家若生在小戶人家父母兄弟都做了官還發了財呢衆人道怎麽樣那陪酒的說現今有個外藩王爺最是有情的要選一個妃子若合了式父母兄

弟都跟了去可不是好事兒嗎眾人都不大理會只有王仁心裡略動了一動仍舊喝酒只見外頭走進賴林兩家的子弟來說爺們好樂呀眾人站起來說道老大老三怎麼這時候纔來叫我們好等那兩個人說道今早聽見一個謠言說是僧們家又鬧出事來了心裡着急赶到裡頭打聽去並不是僧們眾人道不是僧們就完了為什麼不就來那兩個說道雖不是僧們也有些干係你們知道是誰就是賈雨村老爺我們今兒進去看見帶著鎖子說要解到三法司衙門裡審問去呢我們見他常在僧們家裡來往恐有什麼事便跟了去打聽賈芸道到底老大用心原該打聽打聽你且坐下喝一盃再說兩人讓了一

回便坐下喝着酒道這位雨村老爺人也能幹也會鑽營官也不小了只是貪財被人家參了個婪索屬員的幾款如今的萬歲爺是最聖明最仁慈的獨聽了一個貪字或因遭蹋了百姓或因恃勢欺良是極生氣的所以旨意便叫拿問若問出來了只怕擱不住若是沒有的事那參的人也不便如今真真是好時候只要有造化做個官兒就好眾人道你的哥哥就是有造化的現做知縣還不好麼賴家的說道我哥哥雖是做了知縣他的行為只怕也保不住怎麼樣呢眾人道手也長麼賴家的點點頭兒便舉起盃來喝酒眾人又道裡頭還聽見什麼新聞兩人道別的事沒有只聽見海疆的賊寇拿住了好些也解到

法司衙門裡審問還審出好些賊寇也有藏在城裡的打聽消息抽空兒就刼搶人家如今知道朝裡那些老爺們都是能文能武出力報効所到之處早就消滅了衆人道你聽見有在城裡的不知審出偺們家失盜的一案來沒有兩人道倒沒有聽見慌惚有人說是有個內地裡的人城裡犯了事搶了一個女人下海去了那女人不依被這賊寇殺了那賊寇正要逃出關去被官兵拿住了就在拿獲的地方正了法了衆人道偺們櫳翠菴的什麼妙玉不是叫人搶去不要就是他罷賈環道必是他衆人道你怎麼知道賈環道妙玉這個東西是最討人嫌的他一日家捏酸見了寶玉就眉開眼笑了我若見了他他從不

拿正眼瞧我一瞧真要是他我纔趁願呢衆人道搶的人也不少那裡就是他賈芸道有點信兒前日有個人說他菴裡的道婆做夢說看見是妙玉叫人殺了衆人笑道夢話算不得邢大舅道管他夢不夢偺們快吃飯罷今夜做個大輸贏衆人願意便吃畢了飯大賭起來賭到三更多天只聽見裡頭亂嚷說是四姑娘合珍大奶奶拌嘴把頭髮都鉸了趕到邢夫人王夫人那裡去磕了頭說是要求容他做尼姑呢送他一個地方兒若不容他他就死在眼前那邢王兩位太太沒主意叫請薔大爺芸二爺進去賈芸聽了便知是那回看家的時候起的念頭想來是勸不過來的了便合賈薔商議道太太叫我們進去我們

是做不得主的況且也不好做主只好勸去若勸不住只好由他們罷偺們商量了寫封書給璉二叔便卸了我們的干係了兩人商量定了主意進去見了邢王兩位太太便假意的勸了一回無奈惜春立意必要出家就不放他出去只求一兩間淨屋子給他誦經拜佛尤氏見他兩個不肯作主又怕惜春尋死自己便硬做主張說是這個不是索性我就躭了罷說我做嫂子的容不下小姑子逼的他出了家了就完了若說到外頭去呢斷斷使不得若在家裡呢太太們都在這裡筭我的主意罷咧薔哥兒寫封書子給你珍大爺璉二叔就是了賈薔等答應了不知邢王二夫人依與不依下回分解

紅樓夢第一百十七回終

